Edition Rugerup

Øyvind Rimbereid

Orgelsee

Aus dem Norwegischen von
Klaus Anders und Thomas Fechner-Smarsly

Einbandbild: Kleine Orgel, Dom zu Lund

Der Verlag dankt für die freundliche Unterstützung
der Übersetzung durch NORLA, Norwegian Literature Abroad.

Erste Auflage 2025

Handjerystraße 62, 12161 Berlin
Lektorat und Satz: Margitt Lehbert
Einbandgestaltung: Johan Laserna
Druck und Bindung: Sowa Sp. z o.o.
Printed in Poland
ISBN: 978-3-942955-89-8
www.edition-rugerup.de

Orgelsee

Prolog

Der Balg

Der größte Boden der Welt,
sechzig Millionen Jahre
alte Flickenteppiche bedecken ihn.
Und an jedem Morgen: wie neu.

Doch es ist der Balg darunter
der alles in Bewegung bringt.
Der aus voller Lunge vergeudet
und in Ventile bläst,
die kein Mensch zu zählen vermag.

Er ist so stumm wie blind,
hat sich niemals verstanden auf den Lärm
von Säbeln, Gold, neuer Philosophie
oder von Quoten,
die jetzt jede Wurzel vermessen.

Um die Sorge vor einer kommenden
Welttragödie
soll der Mensch sich kümmern.
Stirbt der Balg, dann stirbt er eben. Ihn
rühren nicht mal
die Töne einer Maultrommel!

Aber wenn's regnet,
und regnen tut's ja immer,
lauscht er den Pausen zwischen den Tropfen
und bläst genau dann
seine oxygenierte Musik.

Es ist die allerleiseste
Musik.
Eine Musik,
die am Tage
schneidert und näht
und selbst einen Salamander
zum Summen bringt.

Doch in der Nacht,
wenn der Balg den Atem wendet,
nimmt er alles zurück,
lässt den Diebstahl, die Wunde
und den hoffnungslosen Gedanken
leuchten.

Es ist die Musik,
die im Dunkel des Regenwalds
aus dem Chlorophyll steigt
oder aus einer Eiche rieselt
an einem Abend im August.

Oder es ist die Musik
aller Orgeln der Welt,
jeden Tag wiederholt
und nur zu hören,
wo die Ohren nicht sitzen.

Orgelsee

Hegels Orgel

I

Vollkommen perfekt!
Mit seinem abertausend Pfeifen großen Orchester
tönt es lautstark mit Trompeten, Oboen, Kornetten,
Krummhörnern und Musetten ... der tiefen Bärpfeife und dem flinken Englischen Horn,
mit scharfem Regal und weichem Sordun.
Und wenn die Mutationen und die Mixturen
sich öffnen
und überquellen
und es ist, als ob es in alle Richtungen blase,
dass selbst Mauern bersten,
weil nicht das gleiche Konzert gespielt wird,
sondern nur zur gleichen Zeit.
Genauso, wenn die Schwebstimmen
aus den Zwillingspfeifen rieseln
und die Stimmung der einen ein bisschen zu hoch ist,
weshalb es sich anhört, als ob sie etwas ... unkonzentriert wäre.
Weg hier, hinaus!
Ganz davon zu schweigen,
wenn eine acht Fuß große Pfeife
nicht an sich zu halten vermag.
Der Atem so gleichmäßig, heftig!
Dennoch dieser sanfte, bebende
Ton.
Doch auch er
stets im Innern der Orgel, dem gigantischen Haus.
Oder Staat.
So wie der Staat,
von dem Hegel träumte?
Der perfekte.

Die Menschheitsgeschichte, auf dem Rücken
getragen vom Knecht, doch ausgedacht
vom Herrn.
Ein enormes synthetisches Fachwerk.
In dem alles Unvollkommene
im Begriff war, von Napoleon
ausradiert zu werden!
Das Ende der Geschichte.
Von nun an nur noch der perfekte Staat.
Funkelnd im Dunkel der
Naturgeschichte.
Ein irdisch-dialektisches Paradies
mit dem Philosophen an der Spitze.
Er muss nur ganz leicht seine Gedanken spreizen,
um festzuhalten,
was in der Natur immerzu fließt.
Der absolute Geist.
Hoch oben schwebend
im menschengemachten Superorganismus.
Von eigenen Wünschen und Träumen
frei.

Wie der Organist.
Ein gesichtsloser Körper,
nur Arme und Beine.
Auf dem Weg nach innen,
um eins zu werden
mit seinem Instrument.
Dort, im Innern der Supermaschine.
Da werden Tasten gedrückt und Schleifen
geschoben, Ventile geöffnet und Federn
gezogen
mit jener Dialektik der Technik, die sich selbst genügt.
Denn nur ganz hinten

oder ganz unten, auf jeden Fall
unsichtbar,
gibt es den uralten Balgtreter.
Und wenn nur als Erinnerung?
Der Orgelknecht schuftet und pumpt
die formlose Luft
hin zum gesichtslosen Herrn,
der sie direkt hinaufbläst,
aufbläst zu schreienden oder singenden Synthesen.
Oder zu flüsternden Antithesen.
Bauwerk jenseits des Bauwerks,
Staat jenseits des Staates.
Die totale Musik.
Zum Niederknien.
Die Königsmusik.
Ihren ornamentalen Mantel entfaltend.
Oder göttliche Musik
von himmelhoher, oxygenklarer Logik.
Den Brautmarsch nicht zu vergessen,
der Läufer ausrollt,
vorbei am Strandhotel
und hinein in den Film.
Oder er wälzt einen Teppich durch die Wildnis
ins Leben hinaus,
so wie das Leben wurde, zum Schluss.
Die Musik der Tiere
gibt es auch im Innern der Orgel.
Wie sie gackern und wiehern
aus ihren grässlich-nasalen Bombarden.
Hoch oben, die Register der Schwalben.
Mit so winzigen Resonanzhirnen!
Doch auch sie weichen nicht
in ihrem Tanz.

Nicht einmal vor den Tieren des Satans, die
wie besessen in der Orgel umherschwirren,
durch deren Irrgänge jagen
nach ... einer menschlichen Partitur.
Auch das Tier der Offenbarung
wird die Realität der Orgel zu spüren bekommen,
die pfeifenkalt sein kann:
zweiunddreißig Fuß Zinn und Blei in einer leeren Kirche zur Nachtzeit,
der futuristische Traum
vom grenzenlos Möglichen
in einer Welt der Maschinen.
So wie Kanonenmündungen
im Morgengrauen.
Ehe vox humana
zu schreien beginnt.
Und Eisen zu glühen.

II

Allein sein.
Ein Ton wie
von einer kleinen Blockflöte,
der durch den Wald ging.
In der Sünde,
oder im Leben,
dem eben zusammengebrochenen.
Die einfache Gnadenmelodie.
Oder krank sein.
Der letzte Tag, allein.
Dieser Ton.
Wergeland, der krebskranke Dichter,
an seinen Goldlack.
Schreiendes Gelb.
Auch diesen Ton gibt es

hier drin, irgendwo.
Doch draußen, zur Linken,
leiert
die Drehorgel
wieder und wieder
dieselbe Melodie.
Hört meinen Rinnsteingesang
zum bescheidenen Abgang:
Die nächste Krise – kommt sie,
wird's eine Comédie!
Selbst die Hardangerfiedel findet,
kratzbürstig, jetzt ihren Platz,
gezwängt zwischen
zwei zitternde Regale und Krummhörner.
Mit ihren heidnischen Untertönen,
schizophrenen Drachenköpfen
und der jubilierenden Trauer.
Tritt hervor!
Tritt hervor ins Orgellicht!
Und aus der Schießscharte des Orgelturms
hängt halb wie ein Wrack
eine Hammond-Orgel heraus.
Deren Existenz der Organist allerdings negiert.
Ausgestoßen, aber immer noch eine Art ...
Orgel.
Kloakenrohre,
sie nuscheln und speien
Mensch.
Da ist die orgelartige Foltermusik
schon viel disziplinierter.
Sachlich gekleidet,
inmitten natürlichster Harmonien.
Hohe Sinustöne

treibt sie tief hinab
bis ins verborgene
Seelenleben
der Zahnwurzeln.
Später,
wenn der Gottesdienst zu Ende ist,
das warme Kaffeekranzspiel der Holzpfeifen.
Oder nach dem Konzert, im Foyer.
Ein menschliches „willkommen daheim"?
Hier, wo das Leben gelebt wird, eigentlich!
Nun soll der Organist eine Fuge spielen.
Ohne Publikum.
Die Finger in den Ohren
und nur auf den Pedalen.
Denn die Pedale scharren und graben
sich sechs Fuß hinab.
Oder nur drei?
Dorthin, wo in frostiger Erde
Bachs neunzehntes Kind liegt.
Und die Fuge krümmt sich
in mathematischem Kummer,
krümmt sich zum Mausoleum,
und sucht mit ihrer kontrapunktischen Faust,
verzweifelt,
während die Pedale sich tiefer und
tiefer graben, sogar durch den Balg
und daran vorbei.
Denn dort liegt sie ja nicht.
Die Toten sind nie dort!
Sie ist schon in der Windkammer.
Und sie weint nicht.
Sie spielt
mit kleinen, schimmernden Pfeifen aus Kalk.

Als schwaches Rascheln kann wohl hören
wer es hören will,
gehüllt ins Knirschen der Pedale
am inneren Schwingpunkt.
Vielleicht auch als schrecklichen Ton,
wenn sie in eine weiße
gesprungene Pfeife
zu blasen
versucht.
Doch beim Begräbnis:
hält die Orgel
die Toten so traut
an ihren Plätzen
im Grab.
Hält sie und hält sie
mit spröder Liebe.
Bleib bei mir, Herr!
Der Abend bricht herein.

III

Zum Schluss:
das Neujahrskonzert!
Besonders gefeiert
von den Trompeten: das Leben
mit seinen drei oder dreitausend Möglichkeiten.
Dass man Erfolg haben darf.
Dass man kriminell sein darf.
Und Erfolg haben.
Alles ist möglich.
Solang es von Orgeltrompeten besungen wird.
Denn die Orgel feiert den Staat.
Der Staat, der einmal die Kirche war.
Und die Kirche, die einmal der Stein war.

Um den der Mensch einen Kreis zog.
Und um den er tanzte, mit Fackeln.
Ein leuchtender Kranz für den Blick der Götter.
Mit nichts
außerhalb davon?
Im Laufe des Konzerts
wuchs der Staat nämlich weiter.
Ist er nicht längst identisch
mit der globalen Ökonomie?
Auf höchst erfolgreiche Weise wächst er
so natürlich
wie der Regenwald.
Ja, ist es nicht dieser Laut, den wir eben hören
vom sechzehn Fuß tiefen Subbass:
Banknoten, Wechsel und Derivate,
die frei im Wind des Balges
flattern?
Oder sie schießen
eine dreitausend Meter lange Pfeife hinauf
aus einer sprudelnden Ölquelle?
Wundert es da,
wenn die Orgel nicht länger
so mühelos leicht
zu tragen vermag?
Und gleichzeitig Herr sein
im eigenen Haus?
Das alles auf ihrem gezackten Pfeifenrücken tragend?
Dem uralten Rücken des Knechts.
Die Orgel.
In der Kirche immer zuoberst
oder zuoberst im Staat.
In philosophischer Sorge
um ihre Untertanen.

Von der Zungenstimme
bis zum Harfenprinzipal.
Eine dialektisch-technische Großtat.
Luft auszutauschen
Der hegelsche Gedankenbalg,
der Menschheitsgedanke,
der bläst und alle Materie austauscht,
er lässt die Welt aus sich selbst herauswachsen,
chimärisch, breiter, höher,
und am Ende, eines Tages, sogar hinauf in die Natur:
eine leuchtende, stahlblaue Wolke,
die hineintreibt in die neue Welt.
Während ein Mensch auf einem Traktor
anhalten und zu ihr hinaufstarren muss,
um jäh zu empfinden, wie klein der Traktor
unter ihm wird.
Ein Mensch auf einem Miniaturtraktor
unter einer neuen, stahlblauen Wolke.
Doch es gab ein Gerücht,
das der Orgel alles zerstörte.
Ein flageolettartiges
Gerücht, das im Jahr 1876
vom Atlantik herein
und über das deutsche Flachland kam.
Was tat es den Orgelbauern und
ihrem Nachtfrieden an?
Dem Frieden, in dem sie sich ausschlafen sollten,
die Hände um die Bibel gelegt
oder um Hegels vollkommene
Staatsphilosophie.
Ein Gerücht, das verstörte.
Von einem neuen Wechsler,
elektrisch in seinem Wesen.

Der Großwechsler,
der alles tauschen und alles verbinden können sollte.
Von Mensch zu Mensch,
von Heim zu Heim.
Den Flug der Seelen durch die Luft
mit dem Tempo ungezügelter Elektroden.
Und frei, darin dem eleganten Leben
der Schwalben ähnlich.
Überall zur gleichen Zeit zu sein.
Das musste ja wachsen, das war vielen bald
klar. Denn so unglaublich schnell
lief man
nun durch die Straßen.
Mit Begeisterung, zum Telegrafenamt.
Oder ins Büro, voll Verzweiflung.
Oder nach Hause.
Um rechtzeitig da zu sein.
Anzukommen, ehe die Orgel
verschwände, vollständig!
Vorbeizurennen am Acker
über den viel zu langen Feldweg,
und schließlich über den Parkplatz
in die Stadt, in die Städte.
Ein Wirbel die Treppen hinauf
und zur Tür hinein,
wo es immer noch klingelt,
singt,
und du tastest im Dunkeln die Wand entlang
drinnen in einem Verschlag
oder in einem großen Zimmer,
bis du's zu fassen bekommst,
diesen Hörer,
der ja am ehesten wie eine allergreifende Hand ist,

um dich davor zu retten,
hinzufallen
oder ganz aus der Menschheit
herauszufallen.
Und du hast abgehoben:
Und überall, auf der ganzen Welt,
hat ein neues Konzert
bereits begonnen.

Hydraulis, die Wasserorgel

Der Gladiator, Rom 63 n. Chr.

Zittern und beben soll die Wasserorgel.
Und die Zimbeln erschallen.
Und heulen die Flöten.

Denn ich bin der Kelte, der stahl.
Bald schon steh ich zwischen zwei Linien im Sand.
Dort werde ich frei sein.

In diesem Reich bin ich niemand.
Mich gibt es nur, wenn ich kämpfe, ohne zu zittern.
Zittern werde ich erst, wenn ich falle.

Darauf wartet dies Reich.
Alle im Reich starren auf die Antilope, wenn sie erzittert.
Das Reich aber soll niemals erbeben.

Im Tiber schwimmt der Fisch in seinem Reich.
Er kämpft und glänzt und nur sein Schwanz schlägt in dieses Reich hinauf.
Doch wenn der Fisch still steht und wartet, zittert auch er.

Ich bin der Kelte, der stahl.
Bald bin ich ein Niemand unter den Fischen im Tiber.
Im Tiber schwimmen die Fische im rötlichen Wasser.

Und die Flöten sollen heulen.
Und die Zimbeln erschallen.
Und die Wasserorgel soll zittern und beben.

In der Mitte des Herzens
Die Konquistadoren, Mexico 1521

Mit Silberflöten und
purpurgewandeten Trommlern
drangen die Konquistadoren
in die mexikanischen Urwälder vor,
das unfassbare Herz
der Neuen Welt zu erobern.

Neunzig Tage lang belagerten sie
das bodenlose Gold,
diese Welt aus blaugrünen Quetzalfedern
und den Tempel mit den zehntausend
der Sonne entgegengestreckten
heidnischen Herzen.

Doch am stärksten wirkte
der schneidende Lärm von den
Schneckentrompeten der Azteken
und von den tiefen Trommeln, die voller Trauer
„Tag und Nacht jede Seele durchbohrten“,
wie der Fußsoldat Díaz
in seinen Erinnerungen schrieb.

„Als stünde man in einem Turm
voller Kirchenglocken!“
Nach dem Lärmschock: halb taub
in die Stadt stürmend, hinein
zur Vernichtung der
Azteken und in die
Christianisierung.

Die endgültige
Eroberung kam
mit einer Kapelle in den Ruinen,
wo ein Azteke
auf einer Orgel zur Messe spielte.
Fehlerfrei und unendlich schön.
Als käme die Musik
aus dem Herzen selbst.

Der Ton

Frau, Tananger 1932

Dat is, als wär do en Ton,
der mir wat will.
Un der is alt do,
wenn ich uff dem Storevarden steh un rundum blick,
obwohl et nit so doll ist, uff dat weiße Meer zu gucke,
so wie dat Meer im Winter is,
wenn ich weeß, dat Vater un Karl do drauße sin, Daag un Naacht.

Doch meestens, wenn ich do steh,
is do en Ton, der kümmt bei mich
von drauße.
En tiefer Ton, selbst wenn keen Nebel is.
Dat is, als ob der vonem
Meeresgrund käm, der Ton.
Un der packt mich so!
Un da denk ich mir, ob der Ton ooch
wat anneres do drauße so packe kann?
Ooch en lose Schiffskabin packe
un die rette, gell?

Un wenn ich bei
dem Bethaus vorbei geh, dann is dat,
als bräucht ich gar nit do drin zu sin
un weeß doch, wat do drin gesagt werd.
Wenn ich nur die Orgel hör.
Dat is, als wär jeder Ton en Wort für sich,
wenn ich durch die Tür
die Musik hör.

Un wenn ich als do drin sitz,
un mir singe mit der Orgel nochem Bekenntnis,
kann ich bald die Worte nit finne,
die mir singe.
So wenn mir singe
Klippe, die du brachst vor mir,
lass verbergen mich in dir!
Do is dat bald, als täte die Worte
verschwinne, uff und raus.
Uff un durch et Dach.
Jedes Wort is weg mitem Wind
un vermengt sich mitem neue Horn
do drauße uff Fladholmen.
Un wat is dann en Wort,
wenn et en Nebelhorn is?

Dat is so am gelle!

Un wenn ich allein uff der Straß geh nach Sola,
do kümmt et vor, als ob der Ton sich mengt mit enem annere von
weit weg,
mitem Gesang us dem Bethaus in Tananger,
mitem Gesang us dem Bethaus drauße uff Kolnes,
jo, als mengt er sich sogar mitem Gesang, den ich hör us dem
Ljosheimer Bethaus!
Un dann is do die flott Tretorgel im Haus von Sakariasen.
Un miteens is do ooch en Orgelton da obe von Myglabust.
Obwohl Smiths Freunde wohl nie en Orgel gehabt hatte?
Un drauße bei Rott liegt en Schiff un signalisiert so merkwürdig tief
nochem Lotse.
Ich hör dat Nebelhorn von Feistein.
Ich hör dat Nebelhorn us der Näh von Kvassheim.
Kann die nit unnerscheide!

Un dat is, als ob der ene Ton
mich in sich verberge will!
Do is et nit gut,
wenn ich mit Esther un Olaf an enem Samstag spät
heim vom Basar kumm,
un miteens sagt Olaf, dat do en Licht drauße im Nebel is
un Esther sagt, dat se zwee Lichter sieht
und dat do Leut sin, die vorem Licht uff de Knie liege
un ich selbst fall ooch.

Doch ich kann kee Licht in dem Nebel sehe.
Un ooch kee Leut,
Ich kan bloß höre von weit weg,
drauße bei Risavigå, glaub ich,
dat ener uff der Orgel spielt.
Dat is dat Eenzige wat is.
Un ich der Eenzige, der nit sieht.

Dat is, wenn ich do dran denk,
dat ich mir dat zu Herze nehme muss,
un da werd mein Otem zu enem so
wesend Flüstere,
wo ich da obe steh auf dem Storevarden
oder geh uff dene Straße fort.
En häßlicher kleener Ton in mir.
Gott hilf mir!
Un dat is do, dat ich denk,
dat ich nit mehr weeß,
ob Jesus noch Jesus is.
Oder alles zusamme en eenziger Ton.

Die Schornsteine
Stavanger 1873-1983

Es war nichts zu hören

Doch das Orchester war das größte seiner Art
und spielte ungeheuer präzise

selbst als die Taktschläge
der Falzmaschine stockten

oder die Kälte in den Akkord kroch

Finger, die über die Blechdosen liefen wie über Tasten
Das leichte Rieseln von Salz über die Tonnen
Schnippschnapp, schnitten die Scheren die Fischköpfe ab

Ein schwacher, doch straffer Ton vom Spanndraht

Doch von den Schornsteinen kam kein einziger Laut
denn dieses Konzert war ein Bild:

Rauchschleier, in denen man ein Märchen ahnen konnte,
von Schornstein zu Schornstein über die Stadt hinziehend

Eine geweißte Wohnung für zwei, mit Kranwasser frisch wie der April
und einem grünen Sofa, eines Sonntags zur Wiese ausgebreitet

bis sich das Märchen im Westen auflöste
in Schwärmen feiner Makrelenwolken
für niemanden sichtbar von Menschenhänden gemacht

Genau darin bestand die Kunst

Die Stummfilmorgel

Sie irren umher in der Komödie
und reden in einem fort, lautlos

Sie reden in einem fort, lautlos
und sie öffnen ein Fenster im August

Sie öffnen ein Fenster im August
und sie bleiben hier auch nach unserer Zeit

Sie bleiben hier auch nach unserer Zeit
und sie strömen aus der Schuhfabrik

Sie strömen aus der Schuhfabrik
und sind längst tot

Sie sind längst tot
und küssen sich im Regen

Sie küssen sich im Regen
und suchen ihre Seele zu finden

Sie suchen ihre Seele zu finden
und sie fallen und fallen aus dem Zug

Sie fallen und fallen aus dem Zug und
suchen ein Heim im Totenreich

Sie suchen ein Heim im Totenreich
und können nur gerettet werden

von der Stummfilmorgel
die längst in Galopp verfallen ist

mit allem was sie hat an Pfeifen Riemen und Pedalen
für all die Trommeln Zymbeln und Kastagnetten

um zurückzugelangen in die Zeit der Lebenden
und ins Heim der Laute

Stalins Orgel
Smolensk, Juli 1941

Es ist ein Fest ohne Grenzen
über sommerhellen Steppen,
blauäugigen Seen, am Abend

schwellender Gesang von Schnepfen,
der so einsam klingt,
bis fünfzig Kilometer weit östlich
wieder eine Brücke explodiert.

Es ist ein Fest,
doch ohne Gast.
Hoch oben fliegt
die Post nach Hause,
„fliegen in Sieg oder Tod".
Und in den Augenhöhlen
hinterlässt der Blitz
keinen Schatten.

Es ist ein Fest,
und der Mercedes gleitet
zwischen den Mooren dahin.
Ein Gebüsch und ein langes, offenes Grab
können ja niemals verhindern,
dass sich ein Rad bis nach Asien dreht.
Weiter und weiter
zur Sonne hin.

Es ist ein Fest,
und der Raum und der Rausch
können nur größer werden.

Hinterm Vorhang
stehen Wagner und der Hirsch
sekundenlang still
vor dem Einzug
und dem totalen Kunstwerk.

Es ist ein Fest,
und Stalins Orgel spielt auf.
Mit achtundvierzig Pfeifen
singt sie zum Himmel hinauf
und bringt die uralte Kriegs-
oper zum Bersten:
Achtundvierzig Granaten
fallen zur Erde und
treffen punktgenau.

„Light My Fire“
Vox-Orgel. The Doors

Hoch oben,
doch ohne Thron,
wimmert die elektronische Orgel,
während King Jim in den Flammen reitet
und alles um sich herum
zum Stürmen bringt.

Diese Orgel
versteht sich nicht auf Menschensprache:
Worte Worte Worte.
Nur in einem blauen Ton
kriegt sie eine lebendige Stimme
gerade so hin.

Sie ist klug
in ihrer Ignoranz.
Achtlos
in ihrer Trauer.

Hört sie von den
zahllosen Kriegen
in der Seele, in Asien,
spielt sie Jahrmarktsmusik.

Das ist alles, was sie der Menschheit zu sagen hat.

Das Herz des Sängerkönigs
ist aus rotem Fleisch und Säure.

Das Innerste der Orgel ist grau:
dürres Silizium.

Sobald der Orkan
auf den Bühnenrand trifft, ist sie
mit ihren Nervenbahnen aus kühlem Kupfer
im Einklang.

Die Menschheit findet niemals Frieden.
Sie ist wie ein Hundeknochen im Wind.
Was für ein Krach!

In Paris schläft der König
für immer in seiner Krypta,
und die Pilger gehn im Kreis
um den Stein,
der aus Stein ist.
Versuchen, in ihn
hineinzustarren.

In der Seitenstraße brennt noch immer ein Auto.

Und die Vox-Orgel?
Sie spielt allein für das Riesenrad.
Das Rad, das ganz oben
und ganz unten ist,
und am Abend
ist es weg.

Pfeifen aus Papier

Die Papierindustrien in Moss, 1801-2012

Danach

Als ein Stück Karton
an der Stempeluhr vorbeiflog und
hinauf durch den Schornstein
verschwand

und zum letzten Mal eine Palette zum Tor rausgeschoben
wurde, beladen mit Wellpappe, Kartonagen
und einfachem Packpapier,

um dann zerschnitten zu werden und weiter-
geweht als ungebleichtes Papier für Kladden,
rosa Lotterielose und frühlingsgrüne Stimmzettel

oder als Zeichenpapier für einen autistischen
Fünfjährigen und für den jungen Arzt, der ein Stück
Papier brauchte, um den unbehandelbaren
Muskelschwund zu erklären,

Papierflugzeuge, Glanzpapier, Kalauer auf
Papier, Papier um zerfließendes Cornetto-Eis
und die Papiere, die eine Ehe auf Papier beglaubigten,

die nie benutzten Verhandlungspapiere,
denn der Konzern hatte sich soeben selbst verkauft,
der zerknüllte Zettel, der nach der Entlassung noch da lag,

die Rede, im Zorn auf eine Serviette
gekritzelt, der Liebesbrief, der in der Jackentasche blieb,

ein Gedicht auf einem Bogen, um zu retten,
und die Stapel von Computerpapier, Kolonnen
voller Zahlen, Graphen, Analysen des Nordlichts und seiner
Schäden, das dünne Bibelpapier, worauf das Auge starrt und starrt,

Papiere eines halben Romans, zum Fenster hinaus, die
glückliche Brise, die Papier einfach hochheben kann,
Papiere in wirbelndem Tanz an der Börse,

die Karte, von der Rettungsmannschaft im Regen gelesen, die aber nicht
stimmte, und das Papier, auf dem die Epikrise erstellt wurde,
es begleitete den Sterbenden nach draußen und noch ein paar Minuten
länger,

nasses Papier, verbranntes Papier, schwarzes Papier,
Japanpapier, Klopapier, falsche Passierscheine, unbrauchbares Papier,
und Quittungen, zur Unleserlichkeit aufgelöst in einer Pfütze

das Papier, auf dem es dem blinden Mädchen gelang, seinen Namen zu
schreiben, das Papier, bei der Geburt bereit, doch nie ausgefüllt,
das Papier, das einfach auf dem Tisch lag, im Sonnenlicht, bevor man es
wegwarf.

Und danach

als das letzte
Papierstück
verschwunden und
auch der Rauch weg war

Da war es, als ob jene Welt, an
welche die Arbeit einen Brief
geschrieben hatte,

noch einen Augenblick lang in den Schornsteinen hing
wie der Nachhall in einer Orgelpfeife
oder wie das Geräusch von Papier, das
fällt, fallende Pfeifen aus Papier.

„Elementa pro organo", 1965

Für Organisten und zwei Assistenten. Von Egil Hovland

Zum Unfrieden erwachen.
Verwüstetes Morgenlicht, ausgeschnitten aus Kaltem Krieg,
auf einem Notenblatt zu Clustern zusammengepresst
und zwischen eine schwarze und eine weiße Taste geschoben,
um dort drinnen die Wahrheit
zu verbergen.
Weil man ja gerne glauben mag,
es sei weiterhin möglich, einfach, lyrisch
oder diatonisch zu leben
außerhalb der Geschichte.
Aber der Organist hier
hat alles andere als eigene Hände.
Er verlor die Kontrolle im selben Moment,
als er die Finger über den Tasten
spreizte.
Er kann es nicht verhindern.
Alles geht neue Wege!
Um das wenige, was an Harmonie noch existiert,
kümmern sich die zwei
Assistenten. Schon sind sie dabei,
die Orgel auseinanderzuschrauben.
Bald steht jede Pfeife für sich.
Noch ehe das Stück zu Ende sein wird,
ähneln die beiden Hybridengeln aus dem Jahr 2073.
Neonblau leuchtende Augen, zähe Rastalocken
und hydraulische Flügel.
Den Wind der Geschichte kann man nicht wenden,
nicht einmal, wenn er mit Macht
durch Orgelpfeifen geschleust wird,
und es ist viele Sommer her,

seit Niels Bohr das friedliche Atom von innen heraus
zerstörte. Demokrit verbrannt
in der amerikanischen Wüste.
Jetzt schießt ein Elementarteilchen gegen das Gitter,
das der Mensch aufgestellt hat,
und das Teilchen ist auf der Außenseite des Gitters
und zugleich auf der Innenseite.
Hört es sich deshalb so an,
als ob es eine neue Natur wäre,
die hier spielt?
Regentropfen
in ungeheurer Arrhythmie,
unmöglich, den Takt zu zählen,
unmöglich, die Intervalle zu messen,
unmöglich anzuschlagen, wenn sie die Kontra-
oktave passieren und wie nichts
zur Erde fallen.
Stiller Regen
gegen den Windfang, wo drei Paar
Gummistiefel stehen.
Derselbe Regen.
Ist es womöglich das Knistern
abstrakter Mathematik,
das gegen 5.02 zu hören ist?
Die Mathematik denkt und denkt
in tonalen Transpositionen und Reflexionen
und bereitet sich so gut es geht darauf vor, unsere nächste Seherin
zu werden.
Was wird auf diesem verwüsteten Planeten leben
in dreitausend und fünfzehn Jahren?
Hier, bei uns?
In dem, was Norwegen war, zum Beispiel?
Ein rasch mutiertes, kränkliches Monster? Oder ein

kleiner, vorsichtiger Mensch?
Und was ist mit der Ökonomie?
Aufs neue feudal?
Oder wird sie nur ein digitales Modell sein,
mit den Lebensverhältnissen im voraus
berechnet?
Abrupter Wohllaut einer königlichen Ode
und leise Reste einer Elegie,
ein paar wackelige Schritte,
ehe sie zweigeteilt werden
von der Pause des Zufalls.
Doch es ist einfach schön,
wenn es in Acht-Fuß-Pfeifen aus dunklem Kiefernholz bläst
und es sich anhört, als würde ein alter Baum gefällt,
und es aus dem Wald fällt,
aus dem Baum fällt.
Wie der Laut von allem, was fällt.
DNA-Fäden, die
in Spiralen auf das zehnte Jahr fallen,
sie sehen aus wie ineinander
verwickelte Notenlinien.
C-Schlüssel und F-Schlüssel
versetzt,
daher müssen die Noten ganz neu
gelesen werden, spiegelverkehrte Paare, jetzt!
Eines zu Bach zurück-
gewandt,
und eines nach vorne gerichtet, zu… einem Gott hin,
den der Mensch selbst erfinden muss. Um jeden Tag zu wissen,
dass er erfunden ist?
Außerhalb der Orgel,
auf den Straßen,
haben sich Menschen versammelt, samt einem Pferd,

das keinen Namen hat.
Wo gehen sie hin?
Sie gehen in einer Art Marsch
auf ihr eigenes Bild in der Zukunft zu,
hinein in ein Graffiti von Arne Ekelund,
montiert in eine klassische Arbeit von Andy Warhol.
Was für ein unklares Resultat!
Sie gehen in eine Hoffnung hinein.
Ein Baum wird gefällt, er stürzt auf die Straße,
die abgesperrt wird,
mitten im nächsten Viertel…
Aber schau! Schon sind einige
hindurch.
Mit den Händen voll klitzekleiner
Möglichkeiten.
Sie gehen. Doch immerzu außerhalb und
an dieser Orgel vorbei.
Vielleicht für immer?
Jeden Tag: Verworfenes,
Verzerrungen, Modulationen
lokaler Kommunismen
oder von Gegenrevolten im Innern des Herzens,
in der großen, offenkundig freien Komposition.
Ein Gesicht verzerrt sich im Dunkeln.
Es ist das gesichtslose Antlitz
des Kapitalismus.
Bald wird es weinen, unorganisiert
ob seiner eigenen Armut,
eine Träne weinen in Marx' allzeit offenes, tränentrockenes
linkes Auge,
und die Träne wird hinausrinnen
in die kommende, vierte historische Phase.
Aber auch dies wird keinen Namen

erhalten, bevor nicht vielleicht …
weit voraus in einer fünften Phase?
Was hat dort die Orgel zu suchen?
Welches Lied soll sie dort spielen?
Mit welcher Art Trost
und für welche Gemeinde?
Niemand wird's wissen.
Denn die Assistenten bauen die Orgel um
zu einem Oszilloskop.
Antennenrohre, fledermaushelle Töne
und ein Schirm zum hineinstarren.
Um nicht nur
die kollektiven menschlichen
Frequenzen zu studieren, die Sinustöne,
sondern auch die Viererimpulse,
die durch das Gitter jenseits des Gitters strömen.
Viele Sonnenstürme, serielle.
Und ist das nicht das Knistern der Hintergrundstrahlung,
was wir um etwa 4.01 hören?
Dort draußen, wo es unmöglich ist,
Liebe von Trauer voneinander zu scheiden,
Anfang von Ende,
Ton von Rhythmus,
und Rhythmus von Leben?
Was aber hat der Organist getan?
Es wird ihn noch reuen.
Fünf Jahre später und er will nach Hause …
zur Menschenorgel.
Während das Haar zum Morgengrauen hin wächst,
soll er zu sich selber beten,
so wie Oppenheimer,
aus der Wüste geworfen,
bat

um eine Binde für die Augen
und ein Mittel gegen allzu grelles
Morgenlicht.
Oder bat er zum Schluss nicht
um ganz neue Hände?
Es gibt keine Gnade.
Keinen Stein, sich an ihn zu wenden,
keinen Händel.
Bald wird der erste
Mensch sein Grab finden
tausend Kilometer über der Atmosphäre.
Als wär's nicht schon chaotisch genug
auf der Erde,
für den, der noch da steht und sieht,
wie ein Sarg etwas zu schnell hinabgelassen wird, mit einem Plumps
und so, als hätten schon vor vielen Jahren
einige, andere, das schöne oder
idiotische Lied gesungen.
Wie die Leute vor 1536 sangen,
als sie in der Kirchentür standen
und ein jegliches Wort, das gesungen wurde,
war unverständliches Latein und kam von weit weg.
Doch es war Gottes Wort.
Hier, jetzt.
Und dann gingen sie heim,
ohne viel Gerede,
auf Pfaden, die sich unmerklich
über Tierpfade legten,
so gut wie unmöglich zu unterscheiden,
da, wo sie durchs selbe Heidekraut liefen, hinein
in dieselbe Dunkelheit,
aber dennoch verschiedene
Welten in ein und derselben.

Begraben werden zu dürfen in einer Einfriedung
aus Stein.
Nicht-biblischer Donnerhall
gegen 11.43,
doch die Menschheitsgeschichte, wie sie
von nun an wird.
Wie Musik,
isolierte Serien, Sequenzen,
zufällig abgebrochen,
ständige Kollisionen.
Alte Bücher zu lesen ist
nicht leicht.
Unruhige Andacht.
Also wieder, fledermaushelle
Töne!
Nur nicht für uns.
Die Geschichte, an der Seite aufgerissen.
Geöffnet wie eine Blechdose.
Das meiste schwappt direkt rein.
Und vieles raus.
Gegen Ende leichte,
unbekümmerte Musik.
Schlafen, davon träumen,
begraben zu sein
in einer Einfriedung aus Stein.
Deutliche Hintergrundstrahlung
ab 13.02 und aus.

Eine Orgel bauen

Gottfried Heinrich Gloger, 1710-1779

Und wieder musste Gottfried Heinrich Gloger, als er im Jahr 1760 den Kontrakt unterzeichnete, eine Orgel in der Kirche zu Kongsberg zu bauen, für die Kosten für Holz und Blei, mitsamt den Schmiede- und Tischlerarbeiten, selbst aufkommen, wie er es schon in Bergen hatte tun müssen, als ihm im Jahr 1739 dreihundert Reichstaler angeboten worden waren, um die Orgel der Marienkirche zu reparieren, da der Sekretär des Deutschen Kontors, Johan Carbiner, der Ansicht war, es sei wichtig, die Orgel reparieren zu lassen, während der Orgelbauer Gloger in der Stadt war, obwohl der Repräsentant des deutschen Handelsstandes, Baltzer Gerdes, die ganze Zeit dagegen war, unter Hinweis auf die schlechte Ökonomie des Kontors, wie auch schon der Stiftsamtmann Admiral Ulrich Kaas argumentiert hatte, als Gloger die Orgel der Kreuzkirche im Jahr zuvor hatte reparieren sollen; Kaas war der Ansicht gewesen, zuerst müsse die Kirche zur Reparatur der Lateinschule beitragen, was zu einem Streit führte, in dessen Verlauf der Bischof „Schmähworte wider den Stiftprobst richtete", woraufhin dem Bischof vom König hundert Reichstaler Strafe auferlegt wurden; den Streitigkeiten zum Trotz behauptete Gloger, daß man ihn aufgefordert hätte, vermutlich auf Grund der Rivalität mit der Kreuzkirche, die Orgel in der Marienkirche besser als vereinbart zu machen, ja, obendrein größer als die alte, was Gloger auch tat, so dass die Orgel am Ende nicht die alte war, sondern gleichsam wie neu, und all das wurde für knappe sechshundert Reichstaler gemacht, auch wenn es tausend Reichstaler wert war, wie Gloger meinte, aber da die Geldsammlung für die Orgel in der Stadt, aufgrund des Widerstands der Bürger gegen das Kirchgeld, bei weitem nicht die Einkünfte einbrachte, welche das Deutsche Kontor erwartet hatte, und weil Sekretär Carbiner die Verantwortung für die Ausgaben für die Orgel in der Marienkirche von sich gewiesen hatte, angesichts dessen, dass ein Prozeß gegen ihn angestrengt worden war, einschließich dessen, dass zugleich Glogers Aufwendungen weit höher ausgefallen waren als vereinbart, insbesondere die Ausgaben für Tischler- und Schmiedearbeiten, schrieb das Deutsche Kontor im Jahr 1740 eine Pfandobligation über einhundert und siebzig Reichstaler aus auf jenen Betrag, um den Gloger die Kontraktsumme überschritten hatte, eine Schuld, die bis zu seinem Tod auf ihm lastete; auch die Orgel in der Kathedrale zu Bergen kostete Gloger weit mehr als jene eintausenddreihundert Taler, auf die der Kontrakt von 1745 lautete, und Gloger hatte mehrere Ansuchen gestellt, um zu erlangen, was ihm zustünde, doch der Magistrat habe das Geld ständig zurückgehalten, aus Unzufriedenheit darüber, daß Gloger wiederholt mit der Arbeit in Verzug war, wie er es auch während der Arbeit sowohl an der Orgel in der Marienkirche wie auch an der Orgel in der Kreuzkirche gewesen wäre, und Gloger schrieb an den Magistrat, „dass mein Lohn noch eben mit der Arbeit auffgehet und hab ich ohngeachtet sparsamster Lebenshaltung so viel wie nichts gesparet"; all dem zum Trotz konnte der Magistrat in Bergen auf Anfrage aus Kongsberg schreiben, daß die Stadt Gloger auf das Nachdrücklichste empfehlen würde, denn „wir können anders nicht sagen als dass wir mit dem Werke wol zufrieden seyn und Ihm Zeugniss gewähren, dass er darauff viel Müh und Umsicht gewendet habe", was also dazu beitrug, daß Gloger im Juli 1760 einen Kontrakt darüber einging, in Kongsberg eine ganz neue Orgel für zweitausendzweihundert Reichstaler zu bauen, eine Orgel, die an einem, für Gloger, etwas ungewöhnlichen Ort, nämlich über Altar und Kanzel, stehen und fünfunddreißig Stimmen haben sollte, wie nunmehr die Orgeln in Deutschland gebaut würden, und vielleicht sollte sie noch zwei oder drei Stimmen dazu bekommen für denselben Preis, aber desungeachtet sollte die Orgel eine der größten nördlich von Hamburg werden, doch die Bedingungen waren streng, wahrscheinlich weil das Oberbergamt von all den Widrigkeiten gehört hatte, die auftreten konnten, denn im Kontrakt hieß es „so seyn nachgenanntem Gottfried Heinrich Glogers Eheweib,

Kinder und Erben, Einer für Alle und Alle für Einen, verpflichtet und gebunden, des nun vorgenommenen Orgelwerkes Vollendung und Ablieferung zu besorgen"; die Materialkosten sollten also nicht hinzukommen, sondern vielmehr in den Preis eingehen, doch noch ehe die Arbeit begann, musste Gloger die Pläne ändern, weil das Dach der Kirche in Kongsberg flach war, ein Umstand, der dazu führte, daß die Höhe unter dem Dach für eine tiefe, sechzehn Fuß messende Prinzipalpfeife nicht ausreichte, wie sie im Kontrakt stand, wovon Gloger nie berichtet hatte; stattdessen stimmte Gloger sämtliche Pfeifen einen halben Ton tiefer als den Kammerton, in der Hoffnung, damit die fehlende Sechzehn-Fuß-Prinzipale einigermaßen aufzuwiegen, was jedoch neuerlich zu einem Platzproblem führte, da sämtliche Pfeifen eine Idee länger werden mussten, und es Gloger auch nicht gelang, die Windlade abzusenken, um so den Pfeifen mehr Platz zu verschaffen, was wiederum zu einem schwächeren Klang der Orgel führte, aber vor allem trug es dazu bei, daß es länger dauerte, die Orgel zu bauen, und auf diese Weise teurer wurde, auch wenn Gloger einzusparen suchte, wo immer dies möglich erschien, unter anderem indem er lediglich Orgelmetall für die Pfeifen verwendete statt Holz, selbst wenn dies auf Kosten der Klangfülle ging; doch teurer wurde die Orgel vor allem, weil im Inland die Kosten für Material weit höher ausfielen als an der Küste, etwas, das Gloger in seine Rechnung nicht einbezogen hatte, als er den Kontrakt unterzeichnete, der ihn an die Orgel in Kongsberg band; im Kontrakt stand auch, daß er „das Werck in zwey Jahr verfertigen" solle, auch wenn die Orgel in der Kathedrale von Bergen beinahe ebenso groß war, und für sie hatte Gloger vier Jahre gebraucht, und es gab einen großen Krach in der Kirche von Kongsberg, die ja noch nicht fertig war, und er selbst litte „allerley Kreutz und Krankheit, die unser Allerhöchster HERR beliebet hat mir auffzulegen", und im Jahr 1763 stirbt seine Frau, und im Jahr 1764 unterzeichnet Gloger einen Kontrakt mit dem Grafen Jarlsberg über den Bau einer neuen Orgel in der Kirche von Sem, doch konnte Gloger nicht nach Sem reisen und mit der Orgel dort beginnen, so lange er an der Orgel in Kongsberg arbeiten musste, die zu vollenden ihm erst 1765 gelang; man stellte deshalb Nachforschungen gegen Gloger wegen Bruchs des Kontraktes mit dem Grafen Jarlsberg an, und erst im Jahr 1767 ist er in Sem, um dort die Orgel zu bauen, aber früh im Jahr 1768 verlässt er jählings die Arbeit in Sem und reist zur Strømsø-Kirche in Drammen, um eine Orgelreparatur zu Ende zu führen, die er 1767 begonnen hatte, und die er hatte verlassen müssen, um den Bau der Orgel in Sem zu beginnen, mit der Folge, daß der Graf ihn erneut vorladen lässt aufgrund des Vorwurfs, „die Arbeit zu verlassen und abzureisen ohne mein Wissen noch Erlaubniß, alleyn unter Vorwand und Ausrede gegen meinen Verwalter, daß er nach Drammen reisen wolle um etlich Geldes willen, das dort ihm angewiesen wäre"; nachdem Gloger in Drammen gewesen ist, wo es ihm, in Ermangelung eines Assistenten, nicht gelungen sei, das an der Orgel noch Ausstehende zu vollenden, zieht er weiter nach Kristiansand, um seine Verpflichtungen an der dortigen Kathedrale einzuhalten, da deren Orgel vierhundert Pfeifen fehlten, die Gloger nach Sem geschafft hatte, um die dortige Orgel fertigzustellen, doch als er in Kristiansand ankam, wurde er arrestiert, sowohl wegen der vierhundert fehlenden Pfeifen, als auch, weil eine Vorladung aus Trondheim vorlag, wegen des Bruchs des Kontraktes über den Bau der Orgel in der Marienkirche, und endlich wird Gloger auch die Vorladung des Grafen Jarlsberg verkündet, alles zusammen mit der Folge, daß er vier Monate im Gefängnis verbringt, ohne Möglichkeit einer Entlassung, weil „er ohne Eigenes war und keine Caution in naher Zeit sich hätt verschaffen können".

Als Gloger noch in Kongsberg war und an der dortigen Orgel baute, erzählt ein Kirchendiener in einem Brief, wie er eines Abends spät in der Kirche war, „nach einem Gesangbuch zu sehen", und dass er da Lärm von der Galerie gehört habe; er kletterte in der Dunkelheit dort hinauf und „sahe gleich einige Streifen hellen Lampenlichts in dem unfertigen Orgelwercke, und als meine Augen dann begonnen, halbmäßig gut zu sehen, konnt ich in Augenschein nehmen, daß unter dem Wercke und heraus ein Bein lag, und das war des hiesigen Orgelbauers Gottfried Heinrich Glogers Bein, wie er da lag und arbeitete unter dem Werke, auff welches einst ein Organist freudig seine Finger und Füß sollt setzen können und aus welcher eine Menge von GOttes herrlichsten Psalmen dereinst gen Himmel möchten erklingen; Gloger lag nun unter dem Werke als wär seine Hand fest an die Erd gebunden."

Die Bach-Gnade

Komm, Heiliger Geist, Herre Gott, BWV 651

Sich hingeben
wenn Bach auf der Orgel gespielt wird
und die Welt sich einfach nur weitet,
als wär's eine Gnade,
ein Ruderboot auf einem See,
ein flackerndes Licht in einem Laubengang,
oder Wände, die steil sich
erheben, sie steigen
durch Schwärme von Stören, im Tanz,
eine Wand, sie schneidet jäh hinauf,
mit Kristallen und Schnee, in goldgelbem Licht,
und es ist das Leben selbst, das überleben soll,
die unabwendbare Krankheit,
umkehren soll sie, wie im Gedicht,
sich heimwärts wenden, zum See hin
sinken, zum Feld, zur Straße, zur abgegriffenen
Klinke, um die eine Hand sich legt,
ein Graureiher auf dem Weg
in den Abend hinein, in die Nacht, etwas
rührt sich, ein hohler Ton, der von unten
wächst, Erde, Grundwasser, fauliges Laub,
aufs Neue steigt es und dieses Mal
mit ganzer Kraft, gleichsam schräg durch einen Krieg hindurch
und wird zu einem Reich, dem reichsten,
dem man sich ergibt,
wo schon immer die Mächtigen wohnten,
dort können nun auch die Machtlosen wohnen,
während es weiter steigt, höher
am höchsten sein,

dort, wo sich Gottes Hand öffnet,
eine Hand, die sich einfach nur aus-
weitet, in Gnade,
wie zum letzten Mal, in Gnade
sich weiter und weiter ausdehnt,
bis es nicht länger eine Hand Gottes gibt
und keine Kriege mehr
oder Reiche
und keine Mächtigen oder Armen
oder verfaultes Laub oder Nacht oder Reiher
und keine Krankheit
und kein Heim
und nicht das kleinste Licht in einem Laubengang
noch ein Ruderboot auf einem See
auch keine Orgel,
nicht einmal Bach
und beinahe keine Musik.

Die Orgel, die es nicht gibt

I

Von den Strahlen, die unkontrolliert sich ausbreiteten
in Wilhelm Conrad Röntgens november-
dunklen Räumen.
Mit dem gedämpftem Schnarren verwirrter Ionen,
hochgespannt von sechsunddreißigtausend Volt im Vakuum,
ließen elektromagnetische Wellen zufällig
eine fünf Meter entfernte
fluoreszierende Platte aufleuchten.
Flackernde Karte einer Landschaft,
die sich niemals zuvor der Welt des Auges
gezeigt hatte.
Und nur Tage später:
das erste Schattenbild
vom Innersten einer Frauenhand:
spitze, krallenartige Finger,
einer mit der Silhouette
eines schönen Eherings.
„Ich habe meinen Tod
gesehen!" sagte seine Frau.
Röntgen außer sich,
Angst vor einem wissenschaftlichen Irrtum?
Oder weil das Bild real war?
„Nun wird man dem Teufel zahlen müssen",
sagte er, als er die Entdeckung
per Brief hinaus in die Welt sandte.
Versuchte, sich zurückzuziehen,
musste dann doch Kaiser Wilhelm II. antworten,
demonstrierte die Strahlung nur ein Mal.
Der Kaiser antwortete mit

dem Königlich-Preußischen Kronenorden.
Des Titels „von“ bediente sich Röntgen niemals,
wies alle zurecht, die
versuchten, ihn damit anzureden.
Doch die Entdeckung zog in
Wellen davon, verbreitete sich in der Welt
mit dem Tempo eines Telegramms,
hinein in hochgespannte Stromkreise
und majestätische Glaskolben.
Bereits im Februar 1896 in Kanada: die fünfundvierzig Minuten lange
Röntgendarstellung eines Fußes,
um die graue Kontur eines
Projektils aufzufinden.
Einen Monat später: das Schattenbild bei Gericht vorgelegt
als Beweis gegen den, der geschossen hatte.
Mit geschmeidigen Fingern
kehrte Thomas A. Edison
das Schattenbild von außen nach innen,
schrieb die Entdeckung um zur Erfindung,
telegrafierte das neue Strahlenbild als Patent
in die Welt hinaus.
Und die Hände seines Assistenten?
Die juckten immer stärker von den
zahllosen Patentdemonstrationen, juckten
und wuchsen zu verbrannten Pfoten
voller Krebs, beide amputiert in einem letzten Versuch,
das Leben des Assistenten zu retten.
Edison 1903, seine funkelnden
Strahlenkolben im Rücken:
„Don’t talk to me about X-rays, I am afraid of them.“
Röntgen zögerte,
den Nobelpreis entgegenzunehmen,
des ersten in Physik.

Fuhr schließlich nach Stockholm
mit einer kurzen Rede: „Danke“.
Insistierte darauf, dass die Strahlen
eine „alte Neuigkeit“ seien.
Eine uralte Welle!
Schrieb eine Erklärung, dass sie nicht nach ihm
benannt werden sollten.
Sein Vorschlag: „X-Strahlen“.
Als wäre das Herrenlose
in Wellen ans Tageslicht
getreten.
Etwas, das allen gehörte und daher niemandem.
Das nicht aus seiner Schattenhöhle hätte
gejagt werden dürfen?
Eine Welt ohne Namen,
plötzlich auf skandalöse Weise
hier?

II
Fische, in dichten Schwärmen
in den Tiefen der Weltmeere schwimmend.
Nur eine einzige Welle,
ein Mahlstrom
von Fisch zu Fisch,
und der Schwarm weiß instinktiv, wohin er schwimmen muss
damit der Schwarm weiterhin möglich bleibt.
Die glänzende Seitenlinie
vom Kopf zum Schwanz,
mit Kanälen, Verzweigungen, Öffnungen und verborgenen
zwiebelartigen Organen
der Zukunft lauschend,
und in manchen Arten kleine Partikel
von Magnetit,

sie lassen den Fisch sein eigenes Gleiten und Wenden
im Magnetstrom zwischen den Polen erkennen,
von all den geleeartigen Fühlern abgesehen,
verteilt über die Schuppenhaut
mit Härchen im Innern,
die selbst eine Bewegung um einen tausendstel Millimeter
im Wasser spüren.
Wie bei der Makrele,
sie lässt mit dem Strom sich
nach Osten treiben, während sie fast immer
nach Westen schwimmt
zwischen Ost und West.
Während der einzelne Fisch allein seinen Nachbarn
dicht neben sich spürt,
schwimmt er dennoch immer dorthin,
wo die Algen treiben und der Krill laicht.
Noch der leichteste Flossenschlag
wird zum Taktschlag
in einem größeren Wellenmuster,
das Kristallen gleicht, jedes Fragment
mit seinen glänzenden Winkeln und Flächen
exakt so ausgespannt,
dass das Ganze zehnmal stärker ist
als alle einzelnen Teile zusammen.
Als wäre der Schwarm ein Superhirn,
findet die größte Vernunft sich dort,
wo sie die Fische ganz leicht davonträgt.
Milliarden von Augen, ein Faden, tausend Meilen lang,
der spürt,
wo die Welt der Fische möglich ist
oder wo sie unmöglich wird,
im Schwarm, in dem dieser eine Fisch schwimmt.
Jener, der nur von der kleinsten Bewegung weiß,

von der Welle, die wogt
von Fisch zu Fisch.

III

Doch auch unter gewissen Voraussetzungen
bei fliehenden Menschen,
wenn etwa Leute im Chaos
von einem Platz weglaufen,
eine halbe Minute nach einer
Explosion.
Manchmal auch über Felder, an Sümpfen vorbei,
durch Gehölze, wo diejenigen,
die fliehen, einander sehen können,
wirbelnde Haare, hüpfende Köpfe.
Sie laufen nach Mustern,
gelenkt vom Reptilienhirn,
nicht zu nah beieinander, nicht zu verstreut.
Und die geringste Andeutung einer neuen Gefahr, von rechts,
kann zwischen zweien zu einem Kräuseln werden,
zu einer Verschiebung zwischen dreien,
schließlich zu einer Welle,
die Kristallen ähnelt
oder Fischschwärmen,
und der sie sich überlassen, ohne zu denken.
Im Unterschied dazu, wenn der Mensch
zum Angriff übergeht, nach Monaten mühsamer Arbeiten
mit Strategien, Erkundungen, Ablenkungen, Verhandlungen
und dann plötzlich: ein sich lösender Blitz, ein gewaltsamer Einschlag
von Südost
und ein Zangenmanöver von Norden!
Frontlinien, Durchbrüche.
Von Bombern sagt man ja, sie kämen in Wellen
über die Küste herein.

Oder die Strategie, alles einzusetzen, was man an Fußsoldaten hat:
„human waves“.
Und die Sonarwellen von einem U-Boot,
sie schicken kein Telegramm.
Ihre Wellen, ausgesandt zu einem anderen Rumpf,
kehren zurück zu einem Torpedo.
Die Wellen haben keine Seele!
Sie ebben auch aus
in die Hoffnung.
Wie stark kann die Hoffnung wohl aufwallen
bei jenen, die fliehen in einem offenen Schlauchboot,
zweiundneunzig Menschen und der Motor läuft,
und auch die Wellen schieben den Rumpf
allmählich vom Fleck.
Bis auf halber Strecke der Motor erstirbt.
Und nur noch die Wellen schlagen.
Doch sie schlagen so seltsam nach Norden,
oder ist es nach Westen
oder nach Süden? Und
sie, die eben noch die Wellen zählte
aus Spaß, starrt nun in eine Welle hinein,
die sich wohl geteilt hat,
aber sie findet keine Quadratwurzel
und auch nicht ihr eigenes Gewicht,
geteilt durch zweiundneunzig.

IV

Als Swjatoslaw Richter Klavier spielte,
und die Musik sich von seinem
nervösen, kantigen Körper löste,
von seinem schwierigen Inneren,
von den Absagen und den impulsiven Konzerten,
da war es, als ob er am liebsten

durch das Instrument
hindurchfallen würde und hinaus in reine Musik.
Ertrug er deshalb nicht länger
die amerikanische Umarmung seines Genies,
suchte er deshalb am Ende, hinterm Vorhang verborgen,
nach immer kleineren Sälen
und immer weniger Licht
auf der Bühne, bis kaum noch
die Tasten zu sehen waren?
Als ob die Musik das einzige wäre,
was es geben sollte dort draußen.
Und die Musik
schnitt hinein in den Raum und mengte sich
zu Verdichtungen, Ausdehnungen
Reflektionen, Diffraktionen.
Interferenz!
Oder wollte Richter sogar an der Musik vorbei?
Das Konzert nur dazu da, an den Punkt zu gelangen,
wo die Musik beginnt
mit den Flimmerhärchen in der Lunge zu schwingen?
Oder mit der Starenwolke
im wirbelnden Tanz um
den Kirchturm?
Und mit der wellenartigen Arbeit
des Wurms durch das Erdreich?
Um nicht von den Wellen zu reden,
die explosionsartig sich ausbreiten können!
Auch in der Menschheitsgeschichte.
Im Chaos von Milliarden kleinerer Wellen,
in- und auseinanderfahrend,
Geistern gleich,
die selbst unter größte Wellen sich schieben
sich darunter rühren

auch dann noch, wenn diese schon ausebben
ehe alles in Schaum explodiert.
Wie dann, wenn Richter Schuberts Sonaten spielt
und es sich anhört, als stieße er vor
in die Richterskala.
Die Skala, die nur die größte
Welle misst, die Schockwelle
nahe dem Epizentrum.
Die Skala, die nur bis dorthin reicht,
wo das Meßinstrument bereits
zusammenbricht.

V
In der Schweißflamme.
In den Stromstraßen des Wolframfadens
und im intensiven Lichtbogen.
Dort wo das Licht
sich ausbreitet zu allem hin,
was kälter ist.
Wie alles Licht es tut.
Gezwungen, seine Photonen dorthin zu verbreiten,
wo noch kein Licht ist.
Oder weniger Licht.
Das schwankende, lichtschiefe Universum,
es breitet das Licht der Galaxis weiter und weiter
Richtung Kälte und Dunkelheit aus,
um ins Gleichgewicht zu gelangen,
und kann dabei nicht anders
als aufs Gleichgewicht zuzustürzen.
Immer auf dem Weg in seinen eigenen Wärmetod.
So wie alles Leben.
Denn nur dadurch ist Leben möglich.
Im Sturz in seinen Nirvanatod.

Wie auch hinein in die Schweißflamme,
sie brennt mit dreitausend Grad Celsius
und bringt die freien Elektronen in Wallung,
im Meer der Metallkristalle
vor dem Härten, dem Glühen.
Diese Schweißflamme hätte man
an einem Novemberabend 1982
auf einer norwegischen Werft sehen können.
Eine blauweiße Flamme,
wie sie am Rumpf
oder Heck eines
dreihundert Meter langen Gastankers entlangfährt,
der bald auf dem Weg ist.
Zum ersten Mal auf dem Weg hinaus
auf die Seestraßen, im Wellengang bei leichter Brise oder
starkem Wind
über der Nordsee.
Oder auf den funkelnden Straßen
des Atlantiks,
wo hunderttausend Tonnen aussehen, als glitten sie dahin
auf wogendem Sonnenlicht.
Das Licht, das ja selbst Welle ist.
Elektromagnetische Wellen,
die es nur gibt, wenn sie
unterwegs sind.
Die aber verschwinden
und in einem kurzem Aufblitzen
zu Teilchen zu werden,
wenn die Welle ankommt.
Vielleicht sind Lichtwellen am ehesten so
wie ein Manilaseil, zweischlägig und
zusammengezwirnt aus elektronischen
und magnetischen Kardeelen.

Ein Manilaseil, das nur existiert
wenn es unter Spannung steht
und zittert?
Wer verfügt über das Bild?
Die „Berge Pacific"
durchschneidet die Wellen vor Cap Finisterre,
so wie die ersten Handelsschiffe,
die Ostindische Kompanie mit Gewürzen, Seide und Gold.
Nur dass die „Berge Pacific" rauf und runter stampft
mit flüssigem Licht
in den Tanks.
Durchsichtiges, kaltes Gas.
Oder braunschwarzes Öllicht.
Das manchmal inmitten des Ozeans aufleuchten kann
wie die Abfackelungsflamme,
die alles überschüssige Gas verbrennt.
Die „Berge Pacific",
die das Licht selbst verbreitet,
das aus den zweitausend Meter tiefen Ölbrunnen heraufgepumpt wird,
sie verbreitet es über sieben oder siebzig Meere
und weiter, hinaus auf jenes andere,
das ökonomische Meer.
Zehn Milliarden Abfackelungsflammen
inmitten des hellblauen Meeres
der Transaktionen, sie leuchten
so schön und merkwürdig still?
Als ob es da draußen wäre,
wo alles Licht brennen und
am Ende ausbrennen soll?
Brennen auf dem Weg in den Wärmetod.
So wie diese Jahre,
die jetzt existieren
und die leuchten und ausbrennen

in irgendeine Utopie.
Wogende Lichtstraßen
um die „Berge Pacific“,
unterwegs im Shuttleverkehr,
im Sonnenlicht, im Nachtdunkel, durch Stürme hindurch,
auch durch die ökonomischen Stürme,
die ganz natürlich erscheinen können,
um eines Morgens an einen Strand in Bangladesh
bugsiert zu werden,
und auf diesem langgestreckten Strand
wird ein Visier heruntergeklappt, ein Lichtbogen entfacht,
und während das Metallfieber steigt
und die Eisenspan-Lungen gluckern
und eine neunköpfige Familie für eine weitere Woche versorgt ist,
lodert die Stichflamme eines Schneidbrenners
gegen den rostigen Schiffsstahl,
und Niete für Niete,
Stahlplatte für Stahlplatte,
wird ein norwegischer Gastanker in Stücke geschnitten,
und es wird Abend
und die Brandung an der bengalischen Küste
spült um das kalte Wrack.

VI

Die Brautfackel.
Die immer dem Brautpaar vorausging, hinein in die erste Nacht.
Die, wie er meinte, auch ihm vorausgehen würde.
Die auch brennen würde „im Haus des Todes“.
Sah er sie brennen als klaren, platonischen Glauben?
Oder vermengte er das Jenseitige
mit den Worten, die er schrieb?
Verwirrt vom Gedicht?
Ein Auge zum Fenster, zum blühenden Goldlack

und eins zum Papier hin, wo er jäh aufloderte?
Das war, als die Rose an seiner Brust schlief.
Und er den Goldlack küsste.
Und der Goldlack die Rose
küsste.
Und er mit der Rose vermählt wurde.
Und genau da war's, dass sich in jeder Rosenknospe
dieser hübschen Familie ein Antlitz öffnete
und aus vollem Halse sang,
oder sie weinten
und alberten und lachten,
oder sie weinten und webten einen Schal,
die sechs Töchter und eine Matronenmutter,
sie waren die Dienerinnen der Engel
und nähten am Kleid der Seele,
und da waren ein Dompfaff und ein Kanarienvogel
nicht größer als ein Gerstenkorn,
und da waren nicht Platons himmlische Pferde,
sondern der Kleine Braune, der Nelke
und Levkoje fraß,
und da waren ein Vaudeville und eine „Fattigmands-Postil"
und da war ein Feind
und nichts war wirklich weit genug,
und schwer ist's, in den Krebs zu atmen
und zehntausend unmögliche Seiten,
während der Goldlack im Fenster brannte
wie eine Fackel.
Und zum ersten Mal muss er entdeckt haben,
wie Licht wogen konnte,
wogen und mit sich selbst
kollidieren,
wie Wellen von sieben Kontinenten, die aufeinander treffen.

VII

Aber auch du bist eine Welle!
In der Schlange vor dem Kreisverkehr
und in der Aprilwärme, die plötzlich da ist
ganz ohne Frage.
Eine Welle schlägt ein zwischen Klinik
und Bäumen, die jetzt einfach nur Bäume sind.
Sie breitet sich einfach aus!
Der blaue Lack auf dem Panzer
plötzlich nicht mehr zu unterscheiden
von dem, was in dir singt.
Er schimmert so!
Eine alte Dame
mit der tief stehenden Nachmittagssonne
im lockigen Haar, gleich einer weißen Brise.
Ist sie gerade heute
deine Schwester?
Oder sind all das nur Gefühle?

Und wenn schon!
Denn jetzt bist du eine Welle,
und sie hebt dich
nicht vorbei und hinaus in eine andere Wirklichkeit,
sondern in jene hinein, wo am Wegrand das Gras
mit grünen Schatten so vertraut wächst.
Der Himmel wölbt sich kolossal,
lässt Bäume, Rollstuhl und Schwestern
in dieser Wölbung stehen, die die Welt ist
und die sich am Ende ja
zum Äußersten wölben wird,
Unmöglich zu sagen,
woher diese Welle kommt.
Von der Stadt unter der Stadt?

Oder von der Stadt
darunter?
Oder sie gleicht dem ersten Gesang
den du hörtest,
und den ja auch Demokrit hörte,
dem Gesang der Atome
im Moment ihrer Kollision.
Eine lebende Welle
durch das Spinngewebe hindurch,
wo die Mücke kämpft,
und durch den Lauf der Generationen;
eine Welle vom ersten
Lachen des Steinzeitahnen
und vom Traum des wild träumenden Volkes der San,
ein junger Mann schmückt ein kleines Pferd auf der kaspischen Ebene
mit Muscheln und goldenen Schalen
und ein Pflug fährt durch fette Erde
so wie die Rituale sich voller Einsicht
weiter und weiter verbreiten,
zunehmend wogen im Takt mit den Genen
wie die zehntausend Sklaven im Aufruhr des Spartacus,
die für das Unmögliche kämpften,
und an einem nordischen Aprilabend eine Magd zu Grabe getragen wird
mitsamt ihrem ganzen Leben und zwei eisernen
Schmuckstücken, während es
schon mit ziemlicher Wucht
drückt und schiebt in den Rücken deines
über einen Schuldbrief gebeugten Urgroßvaters hinein
und ins Lachen deiner Mutter, auf dem Weg die Treppe hinauf,
nach deinem ersten Tritt
diese Welle,
die dich hinausschob
hierhin

und die nun, indem du das rechte Pedal trittst,
durch deinen Fuß rollt.
Dieses Etwas,
das immer weiter sich ausbreitet,
und dem du nicht entgehen kannst
und auch nicht entgehen willst,
diese Welle, die auch andere
erfassen wird
an einem warmen Apriltag, oder die
anrollen wird an einem gewöhnlichen Abend im Oktober.
Sie wird auch anrollen, wenn es dich nicht mehr gibt.
Und dass es so gut ist.

VIII

Im Stillen Ozean kreist
der Schwarzfußalbatros
über dem meerblauen Müll,
der wiederum in die gigantischen
Kreise der Meeresströmungen hinein-
wirbelt,
von leichten Winden
sanft unterstützt
und von kaum einem Riff gestört.
Ein fliegender Fisch grüßt
im Himmelsmeer blinkend
seinen schwarzfüßigen Halbbruder!
Fragmente aus Plastik, fast
unsichtbar und nur zu fangen
von feinmaschigen Keschern,
kreuz und quer gezogen durchs Meer.
Überlebt hat dazwischen
ein rotes Stück Plastik
aus einer Verpackungsfabrik

an Kanadas wildgrüner Küste
oder aus der Zehntausendmetertiefe
östlich von Kawasaki und Toyota.
Ein rotes Stück Plastik, auf das jetzt ein junger
Schwarzfußalbatros sich stürzt.
Ein Tintenfisch?
Oder ein kleiner, rötlicher Fisch
aus den fünftausend Arten?
Er ist hungrig und auf der Jagd
nach einem Tintenfisch
oder nach einem roten Stück Plastik oder irgendetwas,
wenn es nur auf den Wellen tanzt.
Unter zehntausend geduldigen Flügelschlägen.
Jeden Tag ein neues Stück.
Der Schwarzfußalbatros wächst so schnell.
Hunger und Magen wachsen ineinander hinein,
hungrig und satt gleichermaßen,
auch wenn derselbe Wind, dasselbe Meer, derselbe Flügelschlag
seinen Leib anschwellen lassen,
immer hungriger, dabei satt
und desto weniger Nahrung,
bis er eines Nachts seine
nassschwarzen Schwingen ausbreitet
und hinabsegelt
in den Wirbel aus Müll.
Der Wirbel lässt niemals los.
Er holt ein und hält fest, immerzu kreisend
lässt er all den Abfall in sich hinein und hinausgleiten
durch sich selbst hindurch.
Wie in einem Dante-Kreis.
Ist dies also die Hölle?
Doch ohne Ausgang, ohne Treppe hinauf ins Paradies.
Ohne einen Sinn außerhalb.

Nur immer weitere Wirbel, über diesen hinaus.
Über alle Meere verbreitet.
Am Ende auch kreisend
hinein in die Carpentariabucht, den Bristolkanal
und am Eingang zum tiefen Vatsfjord.
Ein Ringtanz im Meer
vor New York, Petropavlovsk
Kamtschatka, Kapstadt, Bergen…
ein nasses Wirbelbild.
Ein nasses Wirbelbild
auch unter dem eifrigen Fahrradboten,
der eines frühen Morgens die Abkürzung durch Pekings Altstadt nimmt,
um sich ins vierspurige Straßengewimmel hinauszuschieben,
wo er im Zickzack zum DHL-Terminal spurten kann,
und unter einem Lastwagen, auf dem Weg zum Flughafen
mit elektronischen Gütern
oder chinesischen Seidenblusen,
die bald schon im Bauch eines Airbus A330 quer
über die Erdkugel gleiten.
Die neue
Warenzirkulation,
sie kreist in den Luftkorridoren
gleich unterhalb
der digitalen Geldströme,
die in den elektromagnetischen Wirbeln
zwischen Satelliten
zirkulieren.
Ist das also das Paradies?
Schwebend und ortlos?
Das Paradies, das sich ja immer
aus sich selbst nährt.
Nur jetzt mit der wachsenden Hölle in sich.
Die anschwillt.

Zwei Wirbel und bald
nicht mehr voneinander zu scheiden?
Während der Schwarzfußalbatros
auf seinen zuverlässigen Schwingen
weiter und weiter steigt hinauf zum allerhellsten Himmelsmeer
und darüber hinaus
dorthin wo ein rötlicher fliegender Fisch und ein
schimmernder Tintenfisch
schwimmt oder fliegt
auf oder nieder
heim oder fort
in der Luft oder im Müll.

IX

Beschwingter grüner Mai.
Ausgebreitet in einem EKG-Apparat
in einem Operationssaal,
wo ein zwei Jahre alter Junge ausgestreckt
auf einem Kreuz liegt
mit fünfundzwanzig Grad Bluttemperatur
an einem sehr warmen Tag im Mai
und alles ist offen,
der Brustkorb mit zwingenden Klemmen ums Herz,
das ohne zu schlagen violett in den Tag hinauf-
leuchtet,
keine Welle, die sich gleichmäßig ausbreitet
vom Sinusknoten zuoberst im Herzen,
gebadet in Kalium,
wie bei den modernen Hingerichteten in China,
während neun Grüngekleidete
neun Stunden um ihn herum stehen
oder in kleinen Kreisen gehen.
Und im Skalpell zittern zahllose Unglücksfälle

und der Faden, der zusammennähen soll,
ist so dünn, dass nicht einmal die Spinne sich
auf ihn verlassen würde.
Nur die Nadel glaubt
blind!
Sie näht ihren Saum.
Und sie näht immer gleich gut.
Selbst wenn sie anders herum nähen soll,
quer durch ein bereit stehendes Dreirad,
und es festnähen soll an der Dunkelheit,
vollständig verkehrt herum.
Ein welliger Saum
durch zwei unmögliche Herzkranzarterien
und hinaus in den Warteraum,
in dem es dreizehn Bilder gibt
und fünf Arten Gebete,
aber nur zwei Zukünfte,
die eine hörbar als Schrei
aus einem anderen Flügel, auf arabisch
und erst verstummend,
als ein Fenster geschlossen wird.
Und die andere?
Das ist die Zukunft, die alles haben soll
und alles verspricht,
die aber nicht alles haben
und nicht alles versprechen kann,
ohne selbst einen Schrei auszustoßen,
und die deshalb am ehesten wie ein Ton ist
von der Orgel, die es nicht gibt.

X

Das, was man hat, hinaus in die Wellen zu werfen.
Zu sehen, wie es in der schneidenden Dunkelheit verschwindet.

Zu wissen, dass es das niemals mehr
geben wird.
Zulassen, dass die Wellen es nehmen.
Und es zu wollen, am Ende!
Wie eine letzte Sache.
Wenn etwas oder jemand das schon zerstört hat,
was du hattest.
Oder du selbst es
zerstört hast.
Und es alles war, was du hattest.
Jetzt schaukelt es hinunter,
um sich in den Schlamm zu legen
zwischen zerdrückte Krebspanzer
und halbe Seesterne.
Sich damit vertraut machen, dass es einfach
versinken wird.
Sich mit dem Anti-Nietzsche vertraut machen.
Dem, was vollständig zerstört ist
oder was krank ist
und was einfach nur schlimmer wird.
Ist das möglich?
Vielleicht?
Wenn es einem gelänge,
Hegels Rücken
mit leichter Hand zu umfassen?
Den dunklen Rücken.
Vielleicht ist er auch weiß
und lautlos?
Der Rücken, über den Hegel selbst
in seinen Negationen schrieb
und von dem er sich wegschrieb
auf dem Weg hinein ins Gebäude.
Mit dem auch Hegels eifersüchtige Schwester

nicht vertraut werden konnte.
Sie, die versuchte, seine Frau,
die versuchte, seine Mutter zu werden.
Aber sie blieb seine Schwester,
nur mit großer, umgekehrter Kraft
umherfahrend in ihrem geistig kranken
Gebäude.
Das Gebäude, an das zu rühren Hegel sich weigerte
während er die Hände ausstreckte
hinein in sein eigenes.
Das Gebäude der Schwester,
errichtet aus allzu weißen, sich spreizenden Balken.
Wie eine letzte Rettung.
Auch dieses versank zusammen mit ihr
im Schwarzwälder Kurbad,
im Februar 1832,
drei Monate nach dem Tod des Bruders.
Sich vertraut machen außerhalb aller Gebäude.
Ein Gedanke, der selbst nur versinken will? Eine Phantasie?
Die Phantasie, die sich jederzeit und überall
hineindrängt.
Und zur Lüge werden kann?
Und doch vertraut, vielleicht
wie wenn jemand den Rücken
seiner Schwester umfasst
und es zu spät ist,
denn nichts an ihr lässt sich länger festhalten
und man könnte ebenso gut mit leichten Händen halten,
als gehörten sie nicht
zu einem.
Oder sie existiert im flüchtigen Schimmer,
im schiefen Bild zwischen zwei Wellenschlägen,
in denen du ölverschmutzte Wracks erahnst,

die durchlöcherte Nase eines abgestürzten Flugzeugs
und die zerstörte Orgel,
von jemandem irgendwann hier weggeworfen,
hinaus in die Orgelsee.

Epilog

Was das Gedicht immer gewusst hat

für Atle

All die Gedichte
die an deinen Augen vorübertrieben!
Singend.

Aber selbst wenn Gesang verwirren kann,
hat das Gedicht eines immer gewusst:
Das Leben geht niemals auf
und hat es auch nie getan.

Wenn die Kriege im Krieg mit sich selbst sind
und das Gedicht sie versteckt
in Augenhöhlen unter Mohn
und eher am Blattrand,
dann nicht deshalb, weil sie so klein sind.

Und wenn das Gras ganz besonders grün ist,
und das Gedicht es ausspricht,
dann nicht, weil das Gras
alles retten würde oder weil es
im Leben das Innerste wäre.

Im Gedicht ist das Gras grün,
weil es einst auch auf Wiesen spross,
die traumgleich versinken,
mit Schwänen, Büchern und Graubrot
auf ihrem Weg heim zum Meer.

Im Gedicht werden die Kriege deshalb
verborgen, weil nun Sonnenblumen
auf den Schlachtfeldern wachsen,
Löwenzahn und leuchtender Mohn.

Das ist es, was das Gedicht immer gewusst hat.

Anmerkungen

S. 16: Henrik Wergeland (1808-1845), norwegischer Schriftsteller. Als Dichter ein Vertreter der Romantik, als Publizist eher der Aufklärung verpflichtet, wurde er „nach und nach zum norwegischen Nationaldichter par excellence" (Heiko Uecker: Die Klassiker der skandinavischen Literatur. Düsseldorf 1990. S. 253). Er schrieb eine Geschichte der norwegischen Verfassung von 1814 und trat für Religionsfreiheit und für Toleranz gegenüber Juden ein. Das Gedicht „Til min Gyldenlak" (An meinen Goldlack) verfasste er kurz vor seinem Tod, für den als Ursache Lungenkrebs vermutet wird.

S. 28: Klippe, die du brachst vor mir, / lass verbergen mich in dir! Englisches Kirchenlied von Augustus Montague Toplady (1740-1778): Rock of Ages . Übersetzung: Ernst Heinrich Gebhardt (1832-1899): Fels des Heils

S. 65: „Veslebrunen", der kleine Braune: Henrik Wergelands Pferd.

S. 65: „Fattigmands-Postil", ab 1839 „For Arbeiderklassen" (Für die Arbeiterklasse): vom Dichter Henrik Wergeland herausgegebene Zeitschrift.

Henrik Wergeland

Til min Gyldenlak

Gyldenlak, før du din Glands har tabt,
da er jeg Det hvorav Alt er skabt;
ja, før Du mister din Krones Guld,
    da er jeg Muld.

Idet jeg raaber; med Vindvet op!
mitt sidste Blik faar din Gyldentopp.
Min Sjel deg kysser, idet forbi
    den flyver fri.

Togange jeg kysser din søte Mund.
Dit er det første med Rettens Grund.
Det annet give du, Kjære, husk,
    min Rosenbusk!

Udsprungen faaer jeg den ei at see;
thi bring min Hilsen, naar det vil skee;
og siig, jeg ønsker, at paa min Grav
    den blomstrer af.

Ja, siig jeg ønsker at på mit Bryst
den Rose laa, du fra meg har kyst;
og, Gyldenlakk, vær i Dødens Huus
    dens Brudeblus!

An meinen Goldlack

Goldlack, bevor noch dein Glanz geht verloren,
werd' ich zu dem, woraus alles geboren;
Noch ehe das Gold deiner Krone verblasst
werd' ich zu Staub.

Deine Goldspitze ist's, die mein letzter Blick fasst,
bei meinem Ruf: das Fenster weit auf!
Und meine Seele küsst dich im Fluge vorbei,
dann – fliegt sie frei.

Zwei Küsse geb' ich deinem süßen Mund.
Der erste gehört dir, aus gutem Grund,
den anderen gib du – Lieb', erinnere dich! -
meinem Rosenbusch!

Ihn werd' ich nicht mehr entsprungen seh'n;
bring' daher den Gruß, sobald dies geschehn;
Und sag, ich wünsche auf meinem Grab
ihn verblühn.

Ja, sag auch, es liege auf meiner Brust
die Rose, die du von mir geküsst,
und dass, Goldlack, du im Todeshaus
die Brautfackel bist!

(Übers.: Thomas Fechner-Smarsly)

Inhalt

Prolog

Orgelsee

Epilog